D1618996

Dieses
Buch gehört:

....

....

1. Auflage 2013

© 2013 Peppermint Park GmbH

Konzept und Koordination: Peppermint Park

Druck und Bindung: optimal media GmbH, Röbel

Geschichten: Michael Krowas

Bilder und Gestaltung: Steffi Röttger

Printed in Germany

ISBN 978-3-9816273-0-5

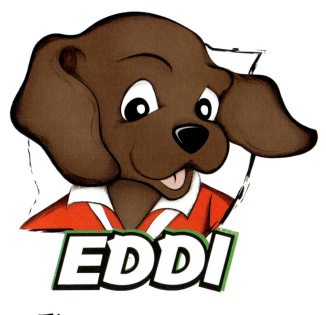

EDDI

Einer von uns

Geschichten von Michael Krowas

Bilder von Steffi Röttger

Und plötzlich ist er da

Was bitteschön hat denn ein Hund
im Stadion verloren? Eines Nachmittags, die Sonne versank bereits hinter den Flutlichtmasten, schnüffelte
sich urplötzlich ein kleiner brauner
Vierbeiner durch die Gänge der HDI
Arena. Mit der Nase am Boden wandte er sich unsicher mal nach links und
mal nach rechts. So, als wäre er auf
auf der Suche nach etwas. Manchmal
blieb er stehen, kratzte sich mit der
Pfote hinter dem Ohr und jaulte leise.
Nächtliche Dunkelheit senkte sich
langsam über das Stadion.
Am nächsten Morgen trottete der kleine Hund in aller Frühe erneut durch
die Arena. Wieder schnupperte er

hier und scharrte da – ganz so, als wäre er in dem riesigen Stadion zu Hause. In diesem Moment wurde er entdeckt. Ein Mann, der gerade den Rasen des Spielfelds gemäht hatte, erblickte den kleinen Streuner und fragte erstaunt:

„Nanu, wer bist denn du?" Als Antwort
erklang ein fröhliches Bellen. Vom
Frühstücksbrot des Mannes war noch
ein Stückchen übrig. Das warf er dem
unbekannten vierbeinigen Besucher
zu. Der wedelte aufgeregt mit dem
Schwanz und machte sich mit Heiß-
hunger darüber her.
Auf einmal betrat die Mannschaft von
Hannover 96 die Arena. Der kleine
Hund lief erschrocken davon. Die
Spieler hatten ihn jedoch längst ge-
sehen. Verwundert unterhielten sie
sich beim Trainieren über den kleinen
Gast. Nach dem Training gingen alle
zurück in ihre Kabine.
Und wer lag da zusammengerollt
unter einem schwarz-weiß-grünen
Handtuch? Der kleine Hund! Mit treu-
herzigem Blick sah er zu den Männern hinauf. Er wedelte neugierig mit
dem Schwanz und war durch nichts

zu bewegen, seinen Kuschelplatz
wieder zu verlassen. Einer der Spieler reichte ihm ein Stückchen Wurst.
Der Welpe verschlang es mit einem
Happs. Dann schloss er die Augen und schlief sofort ein. Nur sein
Schwänzchen zuckte im Traum.

Der Neue wird begrüßt

Der kleine Hund erwachte, leckte sich mit der Zunge über die Nase und gähnte ausgiebig. Verschlafen machte er erst ein Auge auf, dann das andere. Oh Schreck!
Elf Augenpaare blickten von oben auf ihn herab und musterten ihn interessiert. Schnell machte er seine Augen wieder zu, dann wieder auf. Noch immer waren die vielen Augen auf ihn gerichtet. Manche der Männer unterhielten sich leise. „Der ist ja niedlich", meinte einer. „Psst, nicht so laut, er schläft doch noch", flüsterte ein Anderer. Alle Männer lächelten ihn an, sie schienen freundlich zu sein. Der Hund legte seine Stirn in Falten und

wedelte ein paarmal
mit dem Schwanz. „Jetzt
ist er wach", flüsterte jemand.
„Hallo Kleiner, knurrst Du etwa?"
Ja, aber das ist bloß mein Magen,
dachte der Hund. Er erhob sich und
streckte seine Hinterbeine aus. „Er
hat bestimmt Hunger", meinte ein
Mann, der ein Handtuch um die Hüf-
ten gewickelt hatte. Da merkte der
Welpe plötzlich, wie hungrig er war.
Gebt mir doch endlich was, bitte gebt
mir was zu essen, dachte er. In diesem Moment streckte ihm eine Hand
etwas entgegen.
Mmmh, wie lecker das roch. Der kleine Hund verließ mit zwei tapsigen
Schritten das gemütliche Handtuch

mit den Zahlen
9 und 6 und schnupperte
neugierig an der Hand.
Ein Würstchen! Wahnsinn!
Genau das, was er jetzt brauch-
te. Schüchtern wackelte er etwas
mit der Nase. Die Hand rührte sich
nicht. Zögernd schob er sich noch ein
Stückchen dichter heran. Sie wurde
immer noch nicht weggezogen. Na
gut, dachte er, dann darf ich wohl. Mit
einem Happs schnappte er sich das
Ende des Würstchens, verschlang es
hastig und schmatzte genüsslich. Alle
Spieler der Mannschaft von Hannover
96 fingen an zu lachen, als sie sahen,
wie vergnügt der kleine Besucher das
Würstchen futterte.

Doch was sollte nun mit dem niedlichen Streuner passieren?
„Wir müssen ihm jetzt erst mal einen Platz suchen, wo er immer bleiben kann", sagte ein Mann mit braunem Lockenkopf. „Und er braucht einen Namen", setzte ein großer, muskulöser Mann mit blondem Haar hinzu. „Wir könnten ihn Purzel nennen", schlug ein weiterer vor. Ich möchte aber nicht Purzel heißen, dachte der Hund erschrocken. Alle Spieler riefen plötzlich Namen durcheinander: „Tarzan", „Schlumpf", „Otto"...
Das wird mir jetzt aber wirklich zu bunt, dachte der kleine Hund. Plötzlich rief eine tiefe Stimme: „Lassen wir das doch die Fans entscheiden!" Einer der Spieler beugte sich zu dem schokobraunen Hund hinunter und kraulte ihn hinter dem Ohr. „So machen wir das. Die 96-KIDS werden dir

einen schönen Namen geben", sagte
er. Au ja, das hört sich toll an, fand
der kleine Kerl, denn er mochte Kin-
der sehr gerne.
Eine Weile genoss er es, von den
Spielern hinter dem Ohr gekrault zu
werden. Doch dann wurde er unruhig.
Das leckere Würstchen hatte seinen
Hunger gestillt. Jetzt fühlte sich der
kleine Vierbeiner stark genug, auf
Entdeckungstour durch sein neues
Zuhause zu gehen.

Eddi trainiert mit der Mannschaft

Fröhlich jagte der Hund durch die leeren Gänge. Oft war außer ihm kein anderes Lebewesen im Stadion. Aber er hatte sich längst an die Stille gewöhnt. Deshalb horchte er verwundert auf, als er plötzlich Geräusche hörte. Dann begriff er. Da unterhielten sich Menschen. Er lief auf einen der Ausgänge zu und lugte um die Ecke. Im hellen Sonnenschein entdeckte er mehr als 20 Männer auf seiner großen Wiese. Ein paar Leute saßen auf einer Bank, ansonsten war das riesige Stadion leer. Die Männer auf dem Grün liefen von der einen Seite zur anderen. Viele von ihnen waren mit einer Kugel beschäftigt, die sie

mit den Füßen hin und her bewegten.
Dem kleinen Hund gefiel, was er sah
und er wedelte begeistert mit dem
Schwanz. Aufmerksam beobachtete
er das bunte Treiben auf dem Platz.
„Und jetzt ein Pass nach links!", rief
ein Mann laut. Moment mal. Der
Hund kannte die Männer.
Es waren dieselben, von denen er

das leckere Würstchen in der Kabine bekommen hatte. Genau! Das war die Mannschaft von Hannover 96. Plötzlich rief eine Stimme: „Eddi, pass auf!", und die Kugel flog direkt auf ihn zu. Eddi? Wer ist denn Eddi? Auf einmal verstand der Hund. Eddi – damit musste er gemeint sein. Dann hatten die 96-KIDS also diesen Namen für ihn ausgesucht. Oh, das klingt super. Er hieß also Eddi. Ein toller Name, aber das runde Dings machte ihn auch sehr neugierig. Er sprang auf und schnupperte an der Kugel. Mmh, wie gut das roch, nach Leder und nach Wiese. Zur Probe berührte er das neue Spielzeug mit der Pfote. Ein tolles Gefühl. Das ist lustig, dachte Eddi. Das Dings schmiegte sich an ihn, als sei es an seiner Pfote festgewachsen. Wie von selbst balancierte er es. Dann kickte er es hoch

in die Luft und es landete direkt wieder auf seiner Pfote. Er kickte noch
einmal, und die Lederkugel landete
wieder genau auf seiner Hinterpfote.
Kick - Pfote, Kick - Pfote. Das machte
Spaß! „Jetzt guckt euch bloß den

Eddi an", sagte jemand, „wie der mit dem Ball umgehen kann. Was für ein Talent." Also Ball heißt das Dings, dachte Eddi. Er sah, wie einer der Männer sich den Ball zurechtlegte, um ihn dann mitten in ein Netz zu schießen, das hinter einem Kasten aufgespannt war. Das kann ich bestimmt auch, dachte Eddi, stupste den Ball mit der Pfote an, nahm Anlauf und - zack! Er schoss den Ball mit einem kräftigen Wumms mitten hinein ins Tor. „Also der Eddi, der hat es richtig drauf", sagte ein Spieler, „und wer so toll Fußball spielen kann, braucht dringend ein eigenes Trikot."
Eddi wedelte mit dem Schwanz. Er hatte keine Ahnung, was „Trikot" bedeutete, aber es hörte sich gut an. Doch jetzt war keine Zeit, darüber nachzudenken, denn er wollte viel lieber dem Ball hinterherjagen.

Eddi passiert ein Unglück

Eddi träumte einen Hundetraum.
Er schwebte über einem Schwimm-
bad voller Würstchen. Das Wasser
lief ihm im Mund zusammen. Von
weit her hörte er eine Stimme sagen:
„Was macht das Tuch denn noch
hier?" und aufeinmal schwebte der
kleine Hund wirklich. Das kusche-
lige Handtuch, in dem er bis eben
geschlummert hatte, wurde plötzlich
weggerissen. Eddi flog durch die Luft
und landete in einer großen weichen
Wolke. Dort war es dunkel und es
roch nach vielen verschiedenen Menschen. Eddi war verwirrt. Wo bin ich
denn hier bloß? Auf einmal spürte er
auch dieses drückende Gefühl.

Oh nein, er musste mal!

Hastig versuchte er, sich aus seinem Handtuch herauszuwühlen, aber das Unglück war schon passiert. Für einen so kleinen Hund ist es eben nicht einfach, sich so lange zurückzuhalten. Eddi winselte leise.

In diesem Moment bewegte sich etwas in dem großen Wäscheberg. Es streifte sein Ohr und zog sich schnell wieder zurück „liiieeh", hörte er eine Frau schreien. Zwei kräftige Hände griffen nach Eddi und hoben ihn hoch. Es war plötzlich so hell, dass Eddi blinzeln musste. Ein Augenpaar schaute ihn mit einem warmen Blick an. „Von dir habe ich schon gehört" sagte die Frau, die ihn festhielt. „Du musst der kleine Eddi sein!"

Eddi legte den Kopf schief. Er strampelte, denn er wollte gern wieder auf seinen eigenen Pfoten stehen. Aber die Frau dachte gar nicht daran, ihn hinunterzulassen. Sie legte sich den Welpen in die Armbeuge und redete beruhigend auf ihn ein. Mit der freien Hand griff sie nach unten und öffnete eine Klappe. „Ich mache jetzt mal die Waschmaschine an", sagte

die Frau, während sie einen Berg
schwarz-weiß-grüner Handtücher in
die Luke stopfte.
„Du musstest wohl mal?" fragte sie
augenzwinkernd, als sie das Handtuch mit dem nassen Fleck in der
Hand hielt. „Das ist nicht so schlimm",
murmelte sie und beförderte das
Tuch mit Schwung in den Kasten. „Ich
wasche es und dann gehört es dir."
Nachdem sie Eddi nun doch auf den
Fußboden gesetzt hatte, drückte sie
ein paar Knöpfe und es begann zu
rauschen.
Eddi fand es spannend, zu sehen,
wie sich ganz viel Schaum bildete
und wie sich alles drehte. Er sprang
an der Maschine hoch und versuchte, sein Handtuch zu entdecken. Die
Frau lachte. „Sachte, kleiner Mann,
da kannst du nicht rein." Eddi hockte
sich vor das runde Glasfenster,

wedelte mit dem Schwanz und warte-
te. Währenddessen räumte die Frau
eine andere Waschmaschine aus.
Eddi tappte hinüber und roch an den
frisch gewaschenen Handtüchern.
Wie gut das duftete. Übermütig nahm
er Anlauf, um mitten hinein in den
schwarz-weiß-grünen Wäscheberg zu
springen. „Halt!", rief die Frau, „bloß
nicht in den gewaschenen Sachen
toben. Die müssen für die Spieler
frisch und sauber sein. Wenn du spielen möchtest, such dir einen anderen
Platz."
Sie schnappte sich den kleinen Hund,
und trug ihn zum Ausgang. Dort
setzte sie ihn ab, öffnete die Tür und
sagte: „Ich wünsche dir noch viel
Spaß, Eddi, und komm bald wieder
vorbei."
Eddi lief ein paar Schritte. Dann drehte er sich nochmal um. Über der Tür

hing ein Schild. Wäscherei, stand
da in großen Buchstaben, aber das
konnte Eddi natürlich nicht lesen.
Zum Abschied wedelte er noch einmal mit seinem Schwanz und trollte
sich. Was für ein weiches Abenteuer,
dachte er.

Eddi stürmt
auf das Spielfeld

Eddi hob gähnend den Kopf. Er hatte geschlafen. Verträumt stand er auf, streckte sich und trottete gemächlich von seinem Kuschelplatz in der Kabine zur Tür. Inzwischen hatte er sich an sein neues Zuhause gewöhnt und auch daran, dass alle Menschen, die er traf, ihn freundlich begrüßten.
Viele kraulten ihn hinter dem Ohr, da, wo er es am liebsten hatte. Vor der Küche stand immer ein Napf mit Wasser und leckeren Köstlichkeiten. Er konnte im ganzen Stadion frei herumlaufen, mal durch diese Tür schauen, mal hinter jenem Vorhang schnüffeln. Heute aber war irgendwie alles anders. Den ganzen Tag lang waren

Spieler in der Kabine ein- und ausge-
gangen... und Masseure... und Ball-
jungen... und Trainer – was war denn
bloß los? Jetzt war auch noch die
Kabinentür geschlossen. Komisch,
dachte Eddi, wie soll ich denn jetzt
hier rauskommen?
Plötzlich drückte jemand die Klinke
hinunter. Ein Mann eilte an ihm vorbei, ohne ihn zu bemerken. Schnell
huschte Eddi durch die Tür und flitzte
den Flur entlang, weil er nach drau-
ßen wollte. Ganz hinten, am Zaun, da
hatte er ein kleines Loch gebuddelt.
Von dort aus war es nur ein Katzen-
sprung zur Küche. Dringend wollte er
nachsehen, was es heute zu fressen
gab. Er musste nur kurz über seine
Wiese laufen, dann war er schon da.
Mit einem Satz rannte er los, direkt
aufs Feld. Plötzlich sah er, dass er
nicht alleine war. In seiner Eile hatte

er die vielen Leute auf den Tribünen und am Spielfeldrand gar nicht bemerkt. Er blieb stehen und schaute sich um.

Überall waren Menschen, wohin er auch blickte, sogar mitten auf seinem Rasen. Fahnen wurden geschwenkt und Schilder in die Höhe gehalten.

Ach du meine Güte, dachte Eddi, was ist denn hier los? Aus einer Trillerpfeife ertönte ein durchdringender Pfiff. Eddi zuckte zusammen.

„Da ist ein Hund auf dem Spielfeld", rief eine Stimme, „bitte sorgen Sie dafür, dass er das Spiel nicht stört."

Ein Mann in einem Anzug lief auf ihn zu. „Eddi, komm schnell runter vom Feld", raunte er dem kleinen Hund zu, „das ist ein richtiges Fußballspiel, wir müssen weiterspielen."

Spielen ist toll, dachte Eddi, aber warum kann ich denn nicht mitspielen?

Der Mann im Anzug hob ihn vorsichtig hoch und ging mit ihm zu einer Bank, auf der schon einige Spieler saßen, die Eddi kannte. Na gut, dachte Eddi, wenn ich schon nicht mitspielen darf, drücke ich euch eben die Pfoten. Er schmiegte sich in die

Arme des Mannes und beobachtete gespannt, was auf dem Spielfeld geschah.

Die Spieler von Hannover 96 liefen kreuz und quer über das Feld.

Sie spielten sich einen Ball zu und versuchten, die andere Mannschaft auszutricksen. Seine 96-Freunde hatten alle rote T-Shirts an. Auf dem Rücken stand eine Zahl mit einem Namen. Das sieht ja richtig klasse aus, dachte der Hund, so eins will ich auch haben! Gespannt verfolgte er das Geschehen auf dem Feld. Plötzlich landete der Ball im Netz. „Tooooooor", rief die Lautsprecherstimme, „Tor für Hannover 96!" Ein Riesen-Jubel brach aus. Die Menschen im Stadion tobten begeistert.

Der Mann lachte und ließ den Welpen sacht von seinem Arm herunter.

„Du hast uns anscheinend Glück

gebracht", sagte er zu Eddi. Der legte den Kopf schief und wedelte im Takt der klatschenden Menge mit dem Schwanz.

„Ich habe eine Idee", sagte der Mann und ging davon. Eddi sah ihn in der Kabine des Stadionsprechers verschwinden. Dann, plötzlich, tönte eine Ansage durch die Lautsprecher: „Bitte begrüßen Sie das neue Maskottchen von Hannover 96 – unseren Eddi", sagte eine Stimme. Eddi hob den Kopf und blickte auf die große Anzeigetafel. Und was sah er da? Sein eigenes Gesicht! Riesengroß! Hey, das bin ja ich, dachte Eddi stolz. Die Fans jubelten erneut und wollten gar nicht mehr aufhören zu klatschen. Eddi setzte sich neben einen Ball, der am Spielfeldrand lag. Seinen Hunger hatte er durch die ganze Aufregung völlig vergessen.

„ . . . das bin ja ich ! “

Eddi bekommt ein Geschenk

Puh, das war eine aufregende Woche für einen so kleinen Hund. Als Erstes musste er sich in dem großen Stadion zurechtfinden. Dann hatte er jede Menge neue Freunde gefunden und schließlich war er zum neuen Maskottchen von Hannover 96 ernannt worden.

Jetzt hatte sich die ganze Aufregung ein wenig gelegt. Am Tag nach dem Spiel wuselte Eddi wieder fröhlich durch das Stadion, als plötzlich zwei Männer auf ihn zuliefen.

Wollen die mit mir spielen? Wo ist denn der Ball? dachte Eddi. „Komm schnell, Kleiner, wir haben eine Überraschung für dich", rief einer der

Männer ihm lachend zu.

Eddi liebte Überraschungen. Schnell
lief er den beiden Männern hinterher,
die vor ihm zu den Umkleidekabi-
nen spurteten. Er witschte wieselflink
durch die Tür in den Gang, der direkt
zur Spielerkabine führte. Gut, dass
er sich jetzt schon so toll auskannte
im Stadion, sonst hätte er die beiden
bestimmt verloren.

Die Tür der Kabine stand offen, und
Eddi steckte vorsichtig sein Köpfchen
hindurch. Alle Spieler der Mannschaft
standen um sein Handtuch herum
und schienen nur auf ihn zu warten.
„Da ist er ja endlich", sagte jemand.
„Komm, Eddi, wir haben etwas für
dich." Eddi ging noch ein Stück näher
an sein Handtuch heran. Darauf lag
ein riesengroßer Hundeknochen, der
mit einer roten Schleife verziert war.
Oh, wie lecker, dachte er und wollte

sich gerade auf seine Zusatzmahlzeit stürzen, als er noch etwas bemerkte. Unter dem Knochen, mitten auf seinem Handtuch lagen ein Trikot, eine Hose und ein Paar Fußballschuhe. Die sahen genauso aus wie die, die er schon von den Spielern kannte. Aber dieses Trikot war viel kleiner, und hinten in der Hose war ein Loch.

„Das schenken wir dir, lieber Eddi", riefen die Spieler im Chor, „probier dein neues Trikot doch gleich mal an!"

Eddi konnte es nicht fassen. Hatte er jetzt wirklich ein eigenes Trikot mitsamt Hose? Flink schlüpfte er mit dem Kopf zuerst in sein neues Oberteil. Es schmiegte sich an seinen Körper wie maßgeschneidert. Dann hielt ihm jemand die Hose hin, und Eddi strampelte sich hinein.

Ein tolles Gefühl. Jetzt sah er genau

so aus wie der Rest der Mannschaft, na ja, fast genauso. Ein Mann hob ihn hoch und stellte ihn vor einen Spiegel.

Eddi drehte und wendete sich stolz hin und her. Dann hielt er erschrocken inne:

Die Zahl auf seinem Rücken sah merkwürdig aus. Irgendwie verdreht. Ach herrje, ist das falsch geschrieben?, fragte sich Eddi. Doch dann fiel ihm wieder ein, dass er durch den Spiegel alles verkehrt herum sah. Ganz klar, auf seinem Rücken stand in großer Schrift die Zahl 96. Klasse, dachte er, das ist wirklich die tollste Rückennummer von allen!

Eddi hob den Kopf und bellte begeistert. Vor ihm stellten sich die Spieler in einer Reihe auf. Einer von ihnen hob ihn hoch, kraulte ihn hinter dem Ohr und flüsterte: „Hey Eddi, jetzt bist du wirklich einer von uns!"

„Einer von uns!"